家族の絆

愛の詩15

岐阜県養老町

大巧社

本書は令和五年度の第二十四回「家族の絆　愛の詩」
（主催―岐阜県養老町愛の詩募集実行委員会
後援―岐阜県教育委員会
協賛―養老町観光協会・養老町小中学校長会・
　　養老郡町ＰＴＡ連合会・養老鉄道を守る会）
の入賞作品を中心にまとめたものである。
選考は冨長覚梁、椎野満代、頼圭二郎、岩井昭、天木三枝子の諸氏である。

目次

家族の絆　愛の詩に寄せて
木の下に立って　黙して耳を傾ける　冨長覚梁　9

最優秀賞●●●●●　13

小中学生の部
クマゼミのクミ　田中海翔　14

一般の部
おりがみの手紙　渡会環　18

優秀賞●●●●●　23

小中学生の部
本から広がるぼくの世界　玉井奏多　24
どんぐりはいいな　服部結　28

一般の部
三本足の椅子　永井清子　30
真夜中の背中　増田浩二　32

佳作●● 小中学生の部

佳作●● 小中学生の部 35
おじいちゃんのシチュー　青山心春 36
ボクの音ハ　飯田凱斗 39
祖母は先生である　岩佐葵 42
取り扱い説明書　内山和香 45
つめたいおにいちゃん　おおくらかずい 48
母の愛　川口真心 51
通訳士　川瀬詩乃 54
お父さんのいす　川瀬心乃 56
相談　高木美侑 59
ぼくの右どなり　徳本圭佑 61
はしならべ　にしわきつかさ 64
幸せへの準備体操　西脇寛香 66

一般の部

おにぎり　藤井いつき　69
あたりまえのかぞく　堀田輝留　71
何も知らないな　松永莉光飛　73
十一月一日　村上哩琉　77
拝啓　お母さん　森田綾乃　80
家族の音　森山つむぎ　83
がっこう　やぎはるとし　85
ぼくのかみひこうき　吉田柊真　87
ありがとうの位置　青木英二　91
幸福な勘違い　有薗花芽　94
風鈴　石川厚志　96
スルメ　大江豊　99
たづこさん　大野千鶴　102
真夏の報告　くるみ　104

蛙　島田奈都子　106
父よ　杉浦陽子　109
お母さん　ただと　112
教室の窓　浜本はつえ　115
君の掌　星清彦　118
故郷の母　前田洋子　121
星空を眺めて　美川結香　124
おしりのくに　三刀月ユキ　127
もう一回　目加田良一　130
背中のつむじ　夢佳苗　133
慰め　吉岡幸一　135
恋文　和田祐子　138
あとがき

版画……………山田喜代春

装幀……………岩崎　美紀

家族の絆　愛の詩に寄せて

木の下に立って　黙して耳を傾ける

冨長　覚梁

昨年も「家族の絆・愛の詩」の募集に、町内は無論のこと全国からも実に多くの方々から応募をいただきました。わたくしはこの「愛の詩」の応募作品の選考に、最初から関わらせていただいています。そのお陰で今日まで「家族の絆」の実に尊い多くの「風景」に触れさせていただきました。また「家族の絆」の風景の深いありようを学び教えていただきました。

こうした「家族の絆」の風景は、日ごろ訪れることの多い「森の絆」の風景に喩（たと）えることができましょう。大きくて太い立派な木があり、その次の木があり、そして小さくて可愛（かわい）らしいのもあります。こうした木々は「森の家族の絆」をみごとに形成しています。

しかし「森」は言葉をもっていませんが、その深い沈黙のなかでしんしんと絆を育てて、「森の風景」を賑（にぎ）やかせているのです。それだけに、「森の風景」は晴れた日も雨降る日も、ゆたかに輝いているのでしょう。

わたしたちも祖父母、父母、兄弟、姉妹といった尊い木々による「絆」の「森の風景」のなかで、一日一日を過ごしています。したがってこの充(み)ちたりた「森の風景」のなかで、あれこれと実に大切なものに出遭(であ)っているはずですが、その大切なものをずいぶん見逃しているのではないでしょうか。見逃しているとすら気づかずに、この尊い「森の風景」のなかの時間を送っているのではないでしょうか。

この「森の風景」のなかで見逃し気がつかなかった尊いものを明らかにするには、祖父母、父母、兄弟、姉妹のそれぞれの木の下に立って、黙して耳を傾ける時間をもつことです。

静かに透けていく感性によって、気づかなかった深い木々の柔らかでぬくもりのある音が、きっと聴こえてくることでしょう。

（岐阜県詩人会顧問）

最優秀賞

クマゼミのクミ

田中　海翔

ある夏の日学校がえりに
クマゼミのよう虫を見つけた
どうやらよわっているようだ
ぼくはつれてかえることにした
いえにかえるとよう虫は
じめんにはったじょうたいで
「うか」をはじめてしまった

ぼくとママはいそいでよう虫の前足を
カーテンにくっつけた
「がんばれがんばれ」「なんとか生きて」
するとよう虫はからをぬぎすてて
よう虫からセミになった
クマゼミのメスだった
ぼくはこの子に「クミ」と名まえをつけた
つぎの日のあさぼくは
クミをそとににがしにいった
クミはとんだ、でもおちた
なんどもちょうせんしたがダメだった

羽をよくみると後ろばねがちぢれていた
「うか」はしっぱいしていたのだ
ぼくはとてもかなしかった
とべないクミをまい日そとにつれていって
木のしるをすわせた
だけどクミはどんどんよわっていった
「うか」して三かめには
木につかまる力もなくなっていた
なんとか生きようと木のしるをすうクミ
さいごの力をふりしぼっていた……

つぎの日クミはしんでいた
「クミはよくがんばったね」
「あなたもよくおせわしたね」
ママが言った
ぼくは体にちからが入らなかった
ぼくのかぞくといのちのことをかんがえた
かぞくのけんこうをねがった
小さなクミがおしえてくれたんだ
ありがとう　ずっとずっとわすれないよ

（たなか　かいと・岐阜県　小2）

おりがみの手紙

渡会　環

穏やかに晴れた
六月初旬の昼下がり
母の隣で　昼寝をした
池の水音が　微(かす)かに聞こえる

盆と正月にしか帰らぬ実家は
古い日本家屋で

今日は　枕線香(まくらせんこう)の匂(にお)いがしている

開け放たれた　隣の部屋で
甥(おい)と姪(めい)の子供達の声がする
むくりと起き上がり
「何してるの」と聞いてみた
「おりがみ」
「ひいばあちゃんに　あげるの」と
折紙の裏に　絵や文字を書いている
どうやら　それで折るらしい

次の日
花一杯の棺(ひつぎ)の中に
沢山の折鶴(おりづる)やら朝顔やらを乗せて
母は荼毘(だび)に　付された

真っ白い骨の中に
大きなペンチのような人工関節が
取り残されていた
痛みは　ここに置いていったのだろう
花と折紙は　跡形もなく消えていた

「なんて書いたの」と聞けば
「だいすきと元気でねって書いたよ」と
かわいらしく　微笑(ほほえ)んだ

（わたらい　たまき・岐阜県　62歳）

優秀賞

本から広がるぼくの世界

玉井　奏多

すいこまれていく
仲間がぼくをよんでいる
オレンジ色で温かい光でつつまれた世界へ
「ごはんだよ」
と妹が言っても
本の世界からは出てこられない
なぜなら本の友だちと話しているから

む中になっていく

水色で心が落ちつく
家族との時間
「手をつなぐよ」
妹とぎゅっとつなぐ
公園までの道は、ぼうけんだ
なかなかゴールにつけないけれど
ぼくたちは助けあって生きていくよ

ぼくにはいろいろな世界が広がる
うちゅう船にのって
ふわふわとした世界で
ひとにぎりのきぼうをつかむ
深海にもぐって

ひとにぎりの光をつかむ
さぁ、これからぼくのぼうけんがはじまる

（たまい　かなた・岐阜県　小3）

どんぐりはいいな

服部　結

タンポポのわたげ
ふわふわとおくにとんでいく
おかあさんからはなれて
おかあさんがみえないくらい
とおくまでふわふわとんでいく

どんぐりはいいな
したにポトンとおっこちる
おかあさんのすぐそばで

ポトンとおっこちてはなれない
おかあさんのすぐそばで
めがでて
おおきくなって
おかあさんのせをおいこして
ずっとそばにいられるもん

（はっとり　むすぶ・岐阜県　小1）

三本足の椅子

永井　清子

母を喪(うしな)った私たち家族は三本足の椅子(いす)だ
一本欠けてしまったことに
気づかないふりをして
必死で持ち堪(こた)えている三本足の椅子
一本足りないことを認めてしまったら
一瞬にしてバランスを崩し
二度と起き上がれないことを
知っているから
もともと三本足だったような顔で

今日もひたすら歯をくいしばる
三本ともが最も頼りにしていた一本に
依存という負荷をかけ過ぎたから
折れたのではと自責の念に駆られながら
そんなにも大切な一本だとは
喪うまで気づきもせずに
今更のように途方に暮れる
間抜けな三本足の椅子
どうか今日も誰一人座らずに
そっとしておいて欲しい

（ながい　きよこ・東京都　56歳）

真夜中の背中

増田　浩二

肩どころか
背中をすべて露わにして
眠る娘の布団を掛け直す
背中どころか
足元のあたりで　踏み固められた
息子の掛け布団を
体の下から　引っ張り出す
昼間の子どもに会えない僕は
真夜中の背中を見ながら

少しだけれど　父親を楽しむ

（ますだ　こうじ・静岡県　66歳）

佳作

小中学生の部

おじいちゃんのシチュー

青山　心春

「昼飯はシチューだぞ」
と言ってシチューの具材を買いに行った
じゃがいも
にんじん
たまねぎ
ブロッコリー
とり肉
シチューの具材がそろった

台所で汗を流しながら
力強く具材を切っていく
なべに入れたら　一たん休けい
冷ぞう庫から出した冷たい缶をプシュッ！
ゴクゴクゴックン
「昼からビールは最高だ」
ビールをかた手に
グツグツにこんで完成だ

「いただきまーす」
ほっとするおいしさだ
それにしても大きいな
じゃがいもも
たまねぎも

ブロッコリーも
とり肉も
Sサイズたまご一こ分ぐらいの大きさだ
お母さんが作るシチューとはちがって
とにかく大きい
でもにんじんだけは小さい
おばあちゃんが苦手だからか
具材の大きさにおじいちゃんの愛情の大きさを感じたよ
お料理が上手なおじいちゃん
これからもいろんな料理つくってね

（あおやま　こはる・岐阜県　小5）

ボクの音ハ

飯田　凱斗

家族の形は音楽に似ている

ピアノの一音一音が曲をつくるように
家族一人一人が〝家族の形〟をつくってる

一音ズレれば　　バランスが崩れる
和音合えば　　心強い味方になる

ゆったりな曲、コミカルな曲調、激しく力強いもの
一音一音が一つの曲を奏でるとき
曲の向こうの情景がみえてくる

壮大なストーリー
家族の毎日の風景が流れていく
まるで僕らも一つの曲を奏でている

ピアノの一音一音が曲をつくるように
一人一人が家族という音楽をつくる
家族に僕が加わった

信じてもらえなかった時は　悲しい音
喜んでもらえた時は　明るい音が出る
怒られた時は　大きな音
楽しい時は　音が続く

音楽は人と人をつなぐ

聞き手と演奏者の会話
見失わないでいたい一音一音は
僕を作る大切な音
独りでに大きくなったわけじゃなかった
見守られいつもそばにいてくれる家族に

僕ができること
僕がしたいこと
やわらかい音に包まれ

次は僕が新しい音を奏でる番だ
さあ、行こう

（いいだ　かいと・岐阜県　中３）

祖母は先生である

岩佐　葵

「ここはこうやって計算すんねんで」
優しい祖母の声
目を閉じると暗い脳内にこだまする
九九はあっという間に覚えた
「ここはちゃんとはらわないとあかんで」
たまには厳しい祖母の声
今でも簡単に脳内再生可能
夏休みの漢字ドリルは１日で終わった
おばあちゃん、先生みたい
「そりゃそうやわ、先生やったもん」
そう言って女学校時代の写真を見せてくれた

初めて見る白黒の写真
今とは違う制服
いや、どこかで見たことがある
どこでだったかなあ
ああ、社会の資料集だ
戦時中の女子学生の写真と似ているのだ
あっというまに歴史の人になった
「人には感謝しなあかんで」
「今があるのは当たり前と思ったらあかんで」
優しい祖母の真剣な声
「ありがとう、ありがとう」
会うたびに祖母は言っていた
病気で記憶が欠けていく祖母
それでも

「ありがとう、ありがとう」
最期まで優しい声が響いていた
祖母は先生だった
算数も国語も社会も
生きることも死ぬことも
言葉とともに教えてくれた
先生だから、宿題をたくさん残していった
答え合わせができないのは困るけど
いつか正解が分かる日はくるのだろうか
それまでは考え続けよう
答えが見つかるまで歩き続けよう
ありがとう、ありがとう
おばあちゃん

（いわさ　あおい・栃木県　中2）

取り扱い説明書

内山　和香

わたしの爺(じい)ちゃんの扱いは難しい
まずタカちゃんと呼ばないといけない
これはかなり重要
「そろそろ来る頃じゃない?」
母の予感は的中　インターホンに出ると必ず
「俺」って言う　　だからわざと
「どちら様ですか」と聞き返すんだ
「タカちゃんだわ!　早よ開けて」
これが決まりのパターン　　重要事項再確認
ここで「爺ちゃん来たよ」なんて言おうものなら
「小遣い、半分減らす」って絶対に言う

なんて大人気ないのでしょう
爺ちゃんと呼ばれると年寄りみたいで
嫌なんだって　しかし十分なお年寄り
（もう70歳なんだから爺ちゃんで問題ない）
なんて心の悪魔が囁く
（いかんいかん！　小遣いが減る！　やめておけ！）
違う悪魔が忠告する
大きな子供のお世話が始まる
たわいもない話してるだけ
なのにこんなにも笑顔になる大きな子供
そうそういないでしょう
つられてついつい笑っちゃう
すぐ揚げ足とって笑いに変換する癖がある
でも度が過ぎるから怒られる

すると首根っこ摑まれた猫みたいになる
大きな子供は気分屋
自分が満足したら帰ってく
ああ、この大きな子供の取説が欲しい
今日もまた　もの凄い疲労感　孫も大変
私が可愛げない子供になったのは
きっとこの人のせい
しっかり者になりつつあるのも
絶対この人のせい　　それも悪くない
そう思えるのは何故だろう
分かってる　けれどそれを口にしたら
大きな子供は制御不能になりかねない
想像しただけで笑えちゃう

（うちやま　にこ・愛知県　中1）

つめたいおにいちゃん

おおくら　かずい

つめたいおにいちゃんとぼくのこと
ずっとずっと考えていた
わらっていてもつめたいことばなぜなんだろう
わからないけどいっしょにあそぶときも
わらわないでつめたいしせんがじんとするよ
「おにいちゃんどうしたの」とやさしくこえをかけるけれど
「うるさい」とそっぽをむく
ぼくのこころがちぎれそうで
どうしてこんなにもちがうのかな
おにいちゃんのこころがわからない
でもぼくはね、あきらめないよ

おにいちゃんと友だちになりたい
つめたいかべをぼくがこわす
思いやりのこころをとどけたいんだ
おにいちゃんのすきなことを聞いてみる
じっとみつめるとにっこりわらう
「これがすきなの」と教えてくれる
それがとてもうれしいんだ
ぼくたちはいっしょにあそんで
おにいちゃんのこころをすこしずつ
ほんのすこしだけほんのすこしだけ
ふれていけたらいいなと思う
つめたいおにいちゃんじゃなくて
やさしいおにいちゃんになって
ぼくと手をつないでわらいながら

かぞくのきずなをずっと大せつにしたいな

（大倉　一唯・岐阜県　小2）

母の愛

川口　真心

ぼくには　こまったことが一つある
それは　ちょっと言いにくいんだけど
母に愛されすぎていること
うわっ　今もぼくのほほに母の視線
愛してる　大好き　かわいいいねぇ
毎日　毎日　耳にタコ
もう　ぼく十さいなんだから
かわいいなんて　あんまり言われたくないわ
子どものぼくが言うのもなんだけど
母の愛が重たいんです
愛されすぎて　むねが苦しくてつぶされそう

母の愛の重さってどれくらいだろう
山もりダンプカー五台分
大きなぞうが五ひき分
いやいや　それじゃあ　本当につぶれちゃう
試しに母をおんぶしてみた
確かに重いんだけど　ちょっとちがう

運動会のリレーの時　かん声の中から
母の応えんが聞こえた
その時　ふわりと背中をおされた気がした
ぼくは分かった
それが母の愛の重さだったのだと

あんまりにも愛されすぎて
時々こまっちゃうこともあるけど
ぼくの体が母の愛でつぶれてしまうことは
なさそうだから
安心して受けとめようと思う

（かわぐち　まこと・岐阜県　小5）

通訳士

川瀬　詩乃

母が
「今　何て言った？」
私が妹の言った事を通訳する
その後　笑顔があふれる
これが我が家の夕食の様子
早口すぎて聞きとりにくい妹
いつも父と母が聞きとれなくても
私だけは聞きとれる
なぜか分からないけれど　不思議と分かる
私が思っていることを言わなくても
妹にはばれる

私と妹
見えない何かでつながっているのかな
（かわせ　うたの・岐阜県　中2）

お父さんのいす

川瀬　心乃

茶色のおみそしるのしみが
ちょっぴりついているのは
わたしのいす
赤色のいちごのしみを
一生けん命消そうと　こすってあるのは
お姉ちゃんのいす
白色のしわがいっぱいで
立ったり　すわったり
何だかいそがしそうなのは
お母さんのいす

最近ずっとピカピカだったいすが一つ
そう　お父さんのいす
単身ふ任で月に一度しか帰ってこなかった
お父さん
目が合うと
ちょっぴりさみしい気持ちになっていた
あのいす
今年はよごされるのがこわいのか
少しどきどきしているみたい
だって単身ふ任が終わり
毎日すわってもらえるようになったからね
いすもわたしも大よろこび

今までのさみしかった時間を
全てあらい流すかのように
いすとわたしとお父さん
楽しいご飯の時間は過ぎていく

（かわせ　この・岐阜県　小5）

相談

高木　美侑

友達とけんかをした
心がしめつけられた
夜でもないのに目の前が真っ暗だった
母は何も言わず、聞いていた
追求するわけでもなく聞いていた
心が溶けた
あったためられた氷のように溶けた
母は言った

「そっか」
それで良かった
いや、それが良かった

（たかぎ　みゆ・岐阜県　中2）

ぼくの右どなり

徳本　圭佑

夕方　ぼくの右どなりには
いつもじいちゃんがいて
見守ってくれる

重たいランドセルを下ろすときは
そっと手をかしてくれる
おやつのジュースをこぼしたときには
さっとふきんでふいてくれる
筆算が分からないときは
何度もくり返し　教えてくれる

だから　じいちゃんが
となりにいてくれるだけで
ぼくは　とっても心強いんだ

今日は苦手な筆算のテストの日
ぼくは　ドキドキしながら問題を解いた
むずかしい三けたの筆算も
ちょっとだけ　右を見ると
じいちゃんがとなりにいてくれるような気がして
安心できた

学校から帰ったら
じいちゃんに伝えよう
じいちゃんのおかげで

今日のテストがうまくいったと
来年　ぼくは六年生になる
これからは　ぼくが
じいちゃんの右どなりになれるように
がんばるね

（とくもと　けいすけ・岐阜県　小5）

はしならべ

にしわき　つかさ

ぼくのしごとは　はしならべ
ぼくがみんなのおはしをくばるんだ
はしならべはたのしいよ
だってじぶんのとなりをきめられるから
たのしくあそんだひ
おとうとのとなり
こうさくのそうだんをしたいひ
じいじのとなり
おかあさんにおこられちゃったひ
ばあばのとなり
すこしあまえたいひ

おかあさんのとなり
だれかのとなりにいると
きもちがいいよ
きょうはだれのとなりにしようかな

（西脇　司・岐阜県　小1）

幸せへの準備体操

西脇　寛香

いつも元気だった　お父さん
そのお父さんにおそった病気

退院後
久しぶりに会ったお父さんは
ほっそりしていた
それでも　お父さんの笑顔は
前と同じで　変わらない
お父さん　がんばったね　お帰り

ときどき見せる

つらそうな表情
お父さんがんばれ
少しはなれたところで　見守るね

あれから半年
笑顔いっぱい　力強くなってきた
お父さん
お父さんと話して　笑い合って
大好きな　鳥さがし
一緒にできる幸せ

つらいことを乗りこえると
幸せがやってくるんだね
お父さんに教わった　大切なこと

まるで
幸せへの準備体操だね

（にしわき　ひろか・岐阜県　小6）

おにぎり

藤井　いつき

せかいいちおいしいおにぎり
それはね
おかあさんのつくったおにぎり

しろいごはんにのりをまいただけ
もちもちして　ふんわりして
ぱりぱりして
ほっぺがおっこちちゃうぐらいだよ

きょうもあしたもあさっても
そのつぎのひもそのまたつぎのひも

なんこでもなんこでも
まいにちたべられちゃうよ

たべると
からだがほかほか
こころもほかほか
おかあさんにぎゅってされたときみたいに
あったかくなるよ

（ふじい　いつき・岐阜県　小1）

あたりまえのかぞく

堀田　輝留

ぼくにはお父さんお母さんお兄ちゃん妹もいる。
ペットの犬やネコ二ひきもいる。
あたりまえだけどいっしょに住んでいる。
にわにはダンゴムシやバッタ、空にトンボがとんでいる。
春には、ツバメがやってきてヒナを育てる。
ツバメの赤ちゃんはかわいい。
そんないえや住んでいる場所にけっこうまん足している。
ニュースでせんそうで住めなくなって、
ひなんしなきゃいけない子をみた。
お父さんはいっしょにはこれなかったらしい。
どんな気もちでひこうきにのったんだろう。

いつかえるのかな。
お父さんはどこ。
日本のごはんはおいしいかな。
友だちはできたかな。
ぼくはたまに兄弟げんかして
かぞくがいやになることがあるけど、
テレビで見た子は、
ぼくにあるあたりまえをぜんぶおいて日本にきたんだ。
あたりまえは、あたりまえじゃないね。
ぼくは、いつものあたりまえのかぞくに、
ありがとうとごめんなさいってちゃんと伝えなきゃ。

（ほった　ひかる・岐阜県　小3）

何も知らないな

松永　莉光飛

風邪をひいた時
何も言わずに好物のプリン
買って来てくれる母
友達とけんかした時
「どうした？」
小さな変化にもすぐ
気付く母
テストの点が悪かった時
察して話しかけない母
僕の心の中を全て
のぞかれているかのよう

母こそがスーパーマンだと
思っていた

ある日の夕食
子どもの好きな物の話
父は言った
「何も知らないんだな、オレは」
言葉が見付からなかった
一家の大黒柱の父
文句一つ言わず働いてくれる父
いつからか
父に話すことが
少なくなっていた
「何も知らない」

のではなく
「伝えていない」
のだ

働くことが当たり前とされ
一人で孤独と戦う父
もっと大切にしようと
気付かされた瞬間
家族を守るため
誰よりも家族を愛し
戦う父は
真のスーパーマンだ

今夜も話してみよう

父の好きな登山についていて
そして伝えよう
「いつもありがとう」

（まつなが　りひと・岐阜県　中2）

十一月一日

村上　哩琉

ぼくはいつものように学校に行った
それがさいごのおわかれだった
学校から家に帰ると
お兄ちゃんとばあちゃんがいた
そのとき聞いた思いもしなかった言葉
おかあさんがたおれたという
それからびょういんに行った
おかあさんに声をかけても
何もかえってこない
どんなになきわめいても
どんなに大きな声を出しても

何も変わらない
おかあさんはたおれており、きかいで動かしていて、
いしゃもこれはきけんなじょうたいといっていた
十一月一日八時三十六分おかあさんは
すがたを消した
ぼくにはどうしようもできなかった
いつまでもなきわめいても
何も変わらない
でも人生に一回はだれもが
けいけんすることだ
その悲しみを今知った
いつ、どこで、何がおこるか分からない
だから時間をむだにしてはいけない
おかあさんと過ごした時間は

とても楽しかった
これからもおかあさんに
おしえてもらったことは
つづけていきたい

（むらかみ　まいる・岐阜県　小6）

拝啓　お母さん

森田　綾乃

この前、勝手に家出してごめんなさい。
だってお母さんが
「そんな子、うちにはいりません」
って言うんだもん。
そんなに言うなら出てってやるって思ったんだもん。
だからお母さんが見てないうちに家出した。

一人で電車に乗った。
一人でカフェに入ってアイスを食べた。
ふだんは歯の矯正してるから
食べちゃダメって言われてるアメもガムも買った。

だけどだんだんしたいこともなくなってきて
だんだん夕方にもなってきて
ちょっとさみしくて、怖くなってきて
やっぱり家に帰りたくなってきて

帰ったらおこられるなって思ったけど
お母さんは泣いてた。
「たくさん我慢させてごめんね」
ってぎゅーって抱きしめてくれた。
その日のちょっとおそい晩ご飯は
私の大好きなハンバーグだった。
おいしかった、うれしかった。
お母さんただいま。
お母さんごめんなさい。

お母さんありがとう。

敬具

（もりた　あやの・岐阜県　小6）

家族の音

森山　つむぎ

音が聞こえる。
お母さんが朝から家事をする音。
お父さんの「いってきます」の音。
みんないろんな音がする。
どんなときでも音がする。
疲れたときでも、構ってくれるとき。
一緒に悲しんで、怒ってくれるとき。

心がフワッと音を立てる。
そうすると体がポカポカする。

楽しいときも、悲しいときも。
みんながいると音が広がっていく。
家族の音。
あたりまえだけど、あたりまえじゃない。
ほら、今日も音がする。
まるで、楽しい演奏会みたいに。

（もりやま　つむぎ・岐阜県　中3）

がっこう

やぎ　はるとし

ぼくは　いつも　がっこうにいくの
いやだ　いやだっていうんだ

そんなぼくに　ままは
がんばらなくていいよっていう

ぼくはかなしくなるんだ
だってがんばらないと
せんせい　こまっちゃうもん
だから　がんばってがっこうにいくよ
がんばっちゃうよ

そしたら　やすみじかん　いちばんに
きょうしつから　とびだしちゃうんだ

だってぶらんこ
いちばんにのりたいから
ぶらんこがまってるから
がっこうには　せんせいとぶらんこ
ぼくのすきなものがある

だから
にがてなおべんきょうも
がんばれちゃうのかな

（八木　美穏・岐阜県　小1）

ぼくのかみひこうき

吉田　柊真

ままがねつをだしました。
ままは、早くねました。

ぼくは、
だいじょうぶかな
としんぱいになりました。

でもちかくにはいけないから
ままのへやのどあをすこしだけあけて
のぞいて見た。

ままは、とってもつらそうだった。

ぼくは考えた。
まずかみにメッセージをかいて
かみひこうきにして、
どあのすきまから
そっととばした。

「早くなおってね」
「しんじゃわない？」

たくさんたくさんかみひこうきをとばした。
ぼくの気もちがとどくように。

なん日かしたらままは、元気になった。
きっとぼくのかみひこうきのおかげだね。
これからも元気でいてね、まま。

（よしだ　とうま・岐阜県　小2）

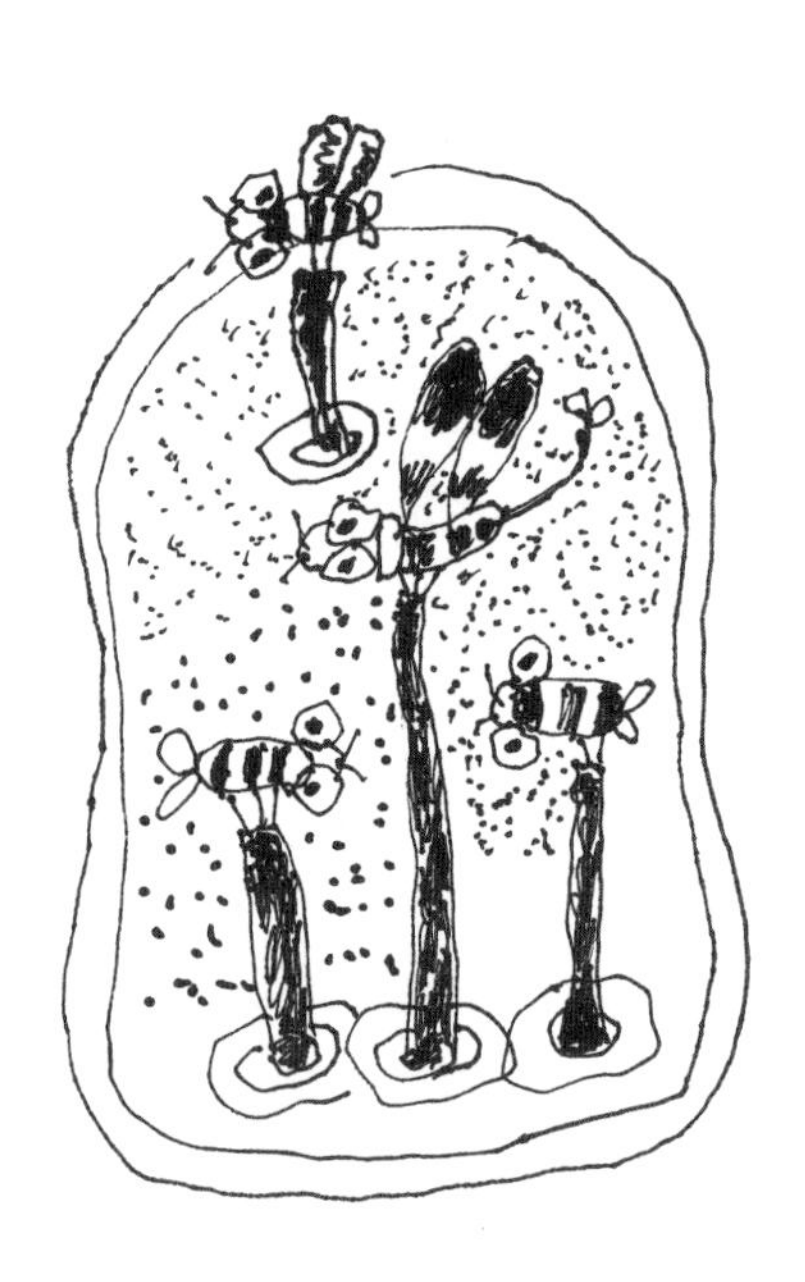

一般の部

ありがとうの位置

青木　英二

ありがとうと言うな
紫陽花(あじさい)への水遣(みずや)りの
父の背中越しのしゃがれ声
ありがとうと言うな
父にだけは言うな
伝えるべき人にだけ
お前の精一杯での丁寧さでと
母を亡くして二年

仕事と家事に埋もれる
父のやや瘦せた背中
それでも、私は
父へのありがとうを
無言のまま貫く
思春期の夕暮れ
無免許バイクでの疾走
父が頭を垂れる交番の赤ランプを
少し距離を置きながら
心の奥に染みつけていた
詫びなのか礼なのか
ついにありがとうは口にしなかった

歳月の流れは人の心を梳くのか

孫に見せる溢(あふ)れる笑顔
その父のあまりにも急な事故
駆けつけた私を
ベッドの父が一度だけ見詰めた気がする
その晩、叔父から聞かされた
父の心のやり所
ありがとうではなく
それは、当たり前の父の位置なのだと
静かに眠る父の窓の外
紫陽花が色とりどりに
光の中で静かに揺れていた

（あおき　えいじ・神奈川県　67歳）

幸福な勘違い

有薗　花芽

ちいさいころおれは
親父が「田酒（でんしゅ）」という酒が
好きだと言ったのを
てっきり「電車」と思いこみ
親父の誕生日に電車の絵を描（か）いた
電車の絵をもらった親父は
てっきりおれが電車が好きなのだと思いこみ
休日になるとおれを電車に乗せた
ますますおれは親父が電車好きだと思いこみ
親父もおれが電車好きだと信じて疑わない
一緒にせっせと電車で出かけているうちに

どんどん幸福な思い出がたまっていった
やがておれはおとなになり
親父が頼む酒を見て
ようやく自分の勘違いに気がついた
親父の誕生日には「田酒」を飲むために
やっぱり一緒に電車で出かける

（ありその　はなめ・大阪府　51歳）

風鈴

石川　厚志

風鈴市へいく
市も終わりのころで
僅(わず)かに残った風鈴が
微(かす)かな風に吹かれている

青い硝子(ガラス)のもの
茶色い鉄のもの
金魚柄の江戸風鈴を見つけたところで
思い出した

あの夏の日に

家に買って帰った金魚の風鈴
三つになる娘に
かがんで手渡した

ちいちゃな手のひらで糸をつかみ
ちりんと鳴った
口もとが上がり
目はきらきら

糸はするりと抜けた
止まる時間

ちいちゃな足もとに落ちて
ぱりんと割れた

口もとが下がり
目はうるうる

強い風が吹く
忘れられた風鈴たちが
時を越え一斉に鳴り響く
娘はもう家にいない

金魚の風鈴をひとつ買った
おおきくなった娘に
届けてあげようと思う

（いしかわ　あつし・埼玉県　60歳）

スルメ

大江　豊

嚙めるからな
おまえら　いいな
それが父の口癖だった
嚙め　嚙め　身体が丈夫になるからな
滅多に家にいない父から言われると
いつも以上に嚙まずにはいられなかった
やって来て　そのまま行ってしまう
あの案山子のような後ろ姿は
何者だったのだろう

嚙めない　いくら嚙んでも

スルメの足の何本しか噛めない
家の中で柱のように父が立っている時
そばから母がいなくなって声が掛けられず
噛めば噛むほど涙目になってくるのだ
歯軋り(はぎし)りしても顎(あご)が下がってきてね
頭の中が筒抜けになってしまう

「なぜ　気づかなかったのだろう」
きっと弱かったのだ　父だって
顔を歪(ゆが)めて噛み切れずにいたのだろう
残しても怒らず　煙草(たばこ)を吸っていた

あの時　噛み切れたのは
父からも　ぼくや弟からも

離れた台所の傍らで火の番をしていた
（この家に嫁いできた）母ではなかったか
ぼくたちがいなくなってから　顔を出し
火鉢で焼き上げたスルメの耳や胴体や足を
皿や湯呑（ゆのみ）を片づけながら　摘（つま）み上げ
その日の幕を降ろしたのだろう

病気がちなぼくたちを
背負って　父の　噛め　噛め　と言う
口癖を　腹の中にしまい込んで
母は台所の傍らで座っていたのだ
風の落ちた水飲み場の暗がりで
月あかりが揺れていた

（おおえ　ゆたか・愛知県　63歳）

たづこさん

大野　千鶴

お母ちゃん
あなたの名前はたづこさん
私は娘のちづるです
こんにちは
今度はどんなお花を見に行きましょうか
私が癌で苦しい闘病生活をしていたとき
あなたは本当に温かく看病してくれましたね
こうして私が今を元気に
生きていられるのもあなたのおかげです
ありがとう
そんな時間もあなたが忘れてしまったことに

気づかされた時は
信じられないほど衝撃でしたよ
でもね、私はあなたの娘のちづるです
あなたは私のお母ちゃん
永遠に永遠に
こんにちは、たづこさん
今度はどんなお花を見に行きましょうか

（おおの　ちづる・愛知県　61歳）

真夏の報告

くるみ

ねぇ父さん、ねぇ父さん
会ってほしい人がいるの
びっくりしたようにカタカタと
風もないのに卒塔婆(そとば)が鳴った
ねぇ父さん、ねぇ父さん
ここに連れてきているの
手水舎(ちょうずしゃ)の横でもじもじしてる
黒いスーツのあの人よ
石畳のバージンロード
入道雲がアーチを作ってる
ウエディングソングは蟬(せみ)の声

お盆初日のサプライズ
ねぇ父さん、ねぇ父さん
春には家族が増えるのよ
お腹をなでたら懐かしい
ポマードの香りが横切った

（埼玉県　37歳）

蛙

島田　奈都子

うなじに光が溜(た)まる夏
滑らせた自転車の轍(わだち)をふと停(と)める
水鏡となった田んぼに揺れる空
鳴き交わす蛙(かえる)たち
野太いけれど可愛(かわい)い声が響く

（あれは昔の実家の庭）
何か挑むような目つきの
親蛙が子蛙を背中にのせ
今にも跳躍しようとしている置物
藻が絡む池の中は本物の蛙

ひらおよぎしているみたい
幼い姉妹が覗(のぞ)き込むと
蛙は恥ずかしげに深く潜って消えた
やせ蛙負けるな一茶……
父が好きだった句をくちずさめば
幾度も　やまいに死にかけた
少年だった父が目に浮かぶ
蛙の箸(はし)置き　蛙の置き時計
蛙の声のレコード　蛙の縫いぐるみ
家のあちこちは蛙だらけ
客間には薬局に頼みこんで
ゆずって頂いた黄緑色の蛙も立っていた
（ぽつりと雨滴のように記憶が散る）

ころころ　心を涼ませる田んぼの蛙の声
さわさわ　緑が風にさざなみをつくり
空の果てのところを仰ぎ見ると
ソフトクリームの雲がふちどる
こんな絵のような景色の日には
天国の扉がぱたんとひらいて
やさしかった父の魂が
ふわりふわり　遊びに来るかも
ほら蛙の音楽会は
まだ　始まったばかりですから

（しまだ　なつこ・埼玉県　57歳）

父よ

杉浦　陽子

夏になれば大海原
初雪が降ったと聞く山々
秋の紅葉と清流の流れる川も
どこにも
わたしを連れて行けなかった
父の清貧というには
あまりにささやかな人生

親子で賑(にぎ)わう遊園地
誰もが楽しい動物園
近所のいい匂(にお)いをさせる食堂も

行くことが許されないと
いつの頃からか分かっていた
だから　そのことは
悲しくはなかった

大人になって恋人が出来て
どこにでも出掛けて知った開放感
海も山も川も
どこに行っても
わたしを連れて行きたかった父のこと
分かっていたから思い切り楽しんだ

この夏のさんざめく蟬(せみ)の声や
海に打ち寄せられた砂の造形

水平線の彼方（かなた）の白い雲
父の人生を知った今は
どれもこれも
わたしの眼（まなこ）で見せてあげる
夏が終われば次の秋
わたしは限りある命をつないでいる

（すぎうら　ようこ・静岡県　64歳）

お母さん

だだと

僕が欲しかったものは、あなたでした。
あなたは僕を生むと引き換えに死んだ。
あなたとの写真があなたとの思い出。
あなたは僕に命という形見を残してくれた。
ある雨の晩、父は見知らぬ女の人を上機嫌で連れてきた。
稲妻が光った。新しい母だった。
新しい母は料理もうまくて、優しくて綺麗だった。
父はあなたの墓参りに僕を連れて行かなくなった。
僕はあなたの写真を机の引き出しの奥にしまった。
それから妹ができた。妹は目元が新しい母に似ていた。
僕はうれしかった。

ある日妹と激しく喧嘩（けんか）をした。妹は泣き叫んだ。
その時、新しい母の初めてみせる表情があった。
その晩僕は久しぶりに机の引き出しの奥の
あなたの写真をみようとした。
あなたの写真はなかった。
成人式あなたの写真が机の引き出しの奥に戻されていた。
僕は県外にでて結婚した。
結婚式の日新しい母は泣いていた。
僕は黙って新しい母を抱きしめた。
妹がうらやましそうに見ていた。
あなたは僕に新しい母と妹をプレゼントしてくれた。
新しい母があなたの友人だったと結婚式で知らされた。
結婚式の後、父、新しい母、妹、僕、僕のお嫁さんと
あなたの墓に行った。

新しい母は静かに手を合わせていた。
あなたの墓は掃除が行き届いていた。

（鹿児島県　38歳）

教室の窓

浜本　はつえ

小学校の登校準備をしていると
祖母や母の妹の叔母達がやって来て
せわしなく準備を始めるのだった
母が弟を出産する朝のことだった
わたしは学校へ
追い立てられるように行ったけど
その日一日中は
家で起きようとしていることが気になり
勉強などまったく身のはいらない一日だった
給食など無かった当時
昼休みになると学校から抜け出し走った

校舎の坂を駆け下り
五分足らずで着く自宅へ帰ってみたら
陣痛でのけぞる母の声が
奥の部屋から否応なく聞こえ
出産を手伝う祖母たちの声が交じる
緊迫感で家中が震えている中で
わたしは台所でご飯に何かぶっかけ
口の中に流し込み
そしてまた学校へ戻って行った
午後からは理科の長い　長い授業だった
教室の窓から
波が押し寄せて来て岩にぶつかり
波飛沫(ひまつ)を上げる
また沖へ向かい引いていく波の行方を

目で追う
同じ繰り返しの海岸風景を
飽きずに見ていただけで
午後の授業をどうにかやり過ごすと
また一目散に走って家に帰ったら
母の横で眠っている赤ん坊がいて
母がわたしを見て微笑(ほほえ)んだ

（はまもと　はつえ・福井県　74歳）

君の掌

星　清彦

生まれたばかりの君の掌(てのひら)は
いつも私を探しているかのようだった
やっとこ歩けるようになると
私の人差し指を握りしめ
君の掌には一層力が入った
いつも繋(つな)いで歩いていた君の掌
けれども君は
少しずつ少しずつ大きくなって
いつの間にか私から離れていく
それも私は掌で感じるのだ
後に残るものはあの時の

柔らかな温もりだけである

君はやがて大人になって
見知らぬ人と掌を重ねるのだろう
それはとても嬉しいことなのだが
それをちょっと
寂しく感じる時もくるのだ
成長するということは
歓びである筈なのに
それを少し哀しく思う時も

君はその掌で
未来を切り開いて行きなさい
楽しいことも辛いことも

これからたくさんあるだろう
だからこそ
多くの人たちと手を繋ぎ
助け合って生きていくのだ
たくさんの人たちの温かい掌と

そしてその最後には
私とママの掌があることも
そっと覚えていて欲しい
君の温もりの残る
私たちの掌も

（ほし　きよひこ・千葉県　67歳）

故郷の母

前田　洋子

風に揺れるコスモスの花
赤とんぼが夕暮れに染まる頃
夢中で追いかけた貴方（あなた）の後姿
もう北の空は
冷たい風に変わっている頃ですか？
もう故郷は　暖かい火が灯（とも）っている頃ですね
白い吐息で　貴方の名前を呼んだ
かじかんだ手を
両手で包み込んでくれた　凍えそうな夜
今でも変わらない笑顔ですね
私の故郷　お母さん

空に浮かぶちぎれ雲たち
どこに行くの？　あてのない旅立ちね
きっと帰ってくるわ　どんなことがあっても
そうねこの街を
心の中のアルバムにしまいこんで
今　振り返らずに出て行こうと決めたから
電車のドア　貴方のやさしさだけが
扉の向こう　何一つ言葉に出来なくて
涙があふれた
今でも変わらない笑顔ですね
私の故郷　お母さん

都会の夜　ため息の中

どこにいても　思い出す故郷を
流れ星を探して　貴方のことを想う
あぁ　この街には　何もないから
秋が訪れるたびに
あぁ　したためた　手紙を見つめ
ポストにたたずむ私
小さくなった　後姿がいとしく
あかぎれの手が　しわくちゃで
いつも冷たかった
今でも変わらない笑顔ですね
私の故郷　お母さん

（まえだ　ようこ・東京都　56歳）

星空を眺めて

美川　結香

あれって、夏の大三角やね
あっちがベガでこっちはアルタイル？
家の前に寝転んで
息子と二人　夜空を見上げた
満天の星が降り注いでくる
ギラギラと照りつけていた昼間の太陽の
熱をいっぱいに吸い込んだコンクリートは
夏の匂(にお)いを放ちながら
背中にじんわりと熱を送ってくる
わずかに接した息子の右腕のぬくもり
そんなにくっついたら暑いじゃん

言ってみたものの
　嫌いじゃないんだよ
と思う自分がいる
あと何年、こんな風に
一緒に星を見られるのだろう
　あの星の光って、何百年も前に光った光だよね
虫の声のＢＧＭを遮るように
息子がつぶやいた
　そうだね
太古の昔に生まれた光が
とてつもなく長い長い時間をかけて
青　白　赤　黄色
今この瞬間を輝いている
もしかしたらあの星は

もう存在しないのかもしれない
でも私達は生きている
時空を超えて届いた輝きを
今、確かに二人で眺めている

地球のぬくもり
息子のぬくもり
幸せのぬくもり
ゆっくり感じながら
晩夏の夜空をぼんやり見つめていた

（みかわ　ゆか・岐阜県）

おしりのくに

三刀月　ユキ

おかあさん　と口をついて出るとき
思い出すのはおしりのこと
おかあさんの大きなまったりした白いおしり
笑っちゃいけない　万物は
その白き影の深い谷間から生まれる

小さな私　手を繋(つな)いで見上げたらいつも
頭のすぐ横におしり
自転車の後ろ乗っけてくれたガタガタ道
前で小刻みに振動していたおしり
座っているおかあさんに前から抱きつくと

鼻のすぐそばに来るガードルの匂い
汗くささとおんなの匂いが入りまじり
安心した　おかあさんのにおい
大人になって二人　夜の温泉に入り
母の後ろ姿の　肉の落ちた
まろく静かなおしりをじっと見つめた
――生まれることをおぼえた　だから
これから何があっても何度でも生まれられる
ほんとうにありがとう

あるきはじめて間もない我が子が
勝手にスマホで写真を撮って見せる
連写された私の写真は
おしり　おしり　おしり……

あなたの見ている私もやっぱりおしりなのね
お返しにもちもちおしりを　ぽんぽんさわる
あなたを産んでから寝ても覚めても
おむつがぬれてないかな　ぽんぽん
抱っこしてゆらゆらして　ぽんぽん
眠る暗闇（くらやみ）の中　ちゃんといるかな　ぽんぽん

ここから生まれるのね　ここへ還（かえ）るのね
大地が生み出す物を食べ　大地に還す機能
やがてまた新しく始まる　生き死にの門
生み生まれて幾世となくつながっている
土とは星　そのもの　私たちは千年のあとも
おしり家族　星の家族

（みとづき　ゆき・奈良県　42歳）

もう一回

目加田　良一

盆踊りの櫓(やぐら)が昼に現れ
走り飛び跳ねた
ばあちゃんに襟元直され帯が揺れる
じいちゃんのスイカが割れたころ
ゴザの敷物に絵を描いた
真上のお日様と
あの大きな雲と
どこかの線香を嗅(か)ぐ
焼けた校庭の待ち連なる提灯(ちょうちん)
昼下りの南風に雨雲が集まる
空を睨(にら)み、勝手な踊りで雨を散らした

流れて来た音に駆け足
草履(ぞうり)が脱げて
もう片方は空に飛ばした
夕闇(ゆうやみ)に揺れる光
慌てて手を繋(つな)ぎ、母の上に座る
父に抱かれて、摑(つか)む手を離した
踊りの輪の外を
駆け回り、駆け回り
いつしか抱かれて眠った
音と煙に包まれ
目を覚ました時
母の胸元で拭(ふ)く汗の匂(にお)い
眩(まばゆ)さで目を見開き
姉から渡される花火に驚いた

夏にお願い
もう一回
もう一回

（めかた　りょういち・岐阜県　48歳）

背中のつむじ

夢　佳苗

君の小さな背中の真ん中に
うぶ毛のつむじがあること

君は知ってる？

昨日の夜
君は寝言でふふんと笑っていたけれど

君は覚えてる？

君が知らない君

君が覚えていない君
私しか知らない君

そんな大事な可愛い(かわい)君のこと
忘れないように
大事に胸の奥しまっています

そしていつか
君に直接話せたらいいな
私しか知らない君を
私と君しか知らない君へ

（ゆめ　かなえ・埼玉県　28歳）

慰め

吉岡　幸一

入院が決まった母は
入院の意味もわからなかった
もう二度と家には
帰って来られないのに
まるで色づく紅葉のような
頰(ほほ)を悪戯(いたずら)っ子のように
膨らませて笑わせようとした

痴呆(ちほう)と告げられたとき
息子の僕を心配そうに見上げた
心配しなければならないのは

母の方だというのに
痴呆の意味もわからないまま
青ざめる僕の背中を撫(な)でて
「大丈夫かい」と言った

面会制限があるなか
足の悪い父は毎日病院に行った
会えてもわずか五分
そのために一時間かけて通った
飴玉(あめだま)をあげたら看護師に怒られたと
バツが悪そうに言いながらも
母の笑顔が見られたと喜んでいた

「お家に帰ろうかな」

家がどこなのかわからないのに
母は会うたびに言った
帰りたい、とは言わないで
帰ろうかな、と目を覗(のぞ)きこんできた
雨上がりの朝、母は亡くなった

呆然(ぼうぜん)と立ちすくむ僕の背中を
父は母のように撫でて
「大丈夫かい」と言った
慰めなければならないのは
僕の方だというのに
父は大声で泣きながら僕を慰めた

（よしおか　こういち・福岡県　57歳）

恋文

和田　祐子

台風が近づいたりして
雨用の靴で
はしゃいで歩く
デニムの裾(すそ)が
しっとりと水を含む
風に弱い傘は
度々ひっくり返る
それでも楽しいのは
君がいるから

一緒の傘に入るでもなく

手を繋(つな)ぐでもなく
そんなことは
付き合い始めてから
一度もなく
それでもなんとなく
何十年も過ごした
そんな時間が愛(いと)しい

残り時間を告げられた日から
私は君にまた恋をしている
何気ない日々に
君との思い出を作る
この人生に感謝して

君のコーヒーと
二日分の食糧を買って
明日はゆっくり過ごそう

神様やっぱり
まだまだ生きたいです
幸せな時間は
長い方がいいの

今度こちらから
一度手を繋いでみよう

（わだ　ゆうこ・滋賀県　51歳）

あとがき

私たちの町、岐阜県養老町は、濃尾平野の西端に位置する、緑の山、清らかな水に恵まれた歴史の町です。また、元号が由来となっている全国でもめずらしい町です。

養老町には、語り継がれる孝子伝説があります。そこでは、親が子を思い、子が親を思うという尊い心のありようが、素朴の中にも美しく描かれています。それを受けて養老町では、「親と子が心豊かにふれあうふるさと」を提唱し、このように親子愛や家族愛をテーマにした詩の全国募集事業を始めました。その事業も二十四年目を迎え、過去から現在、そして未来へと、「親孝行の心」「家族の絆」が脈々と受け継がれていくことに喜びもひとしおです。

今年度も、日本全国から多くの応募がありました。小学校一年生のお子さんから九十一歳の方まで、また、四十二都道府県より幅広くご応募いただき、これまで二十四年間の応募総数は五万篇にのぼる勢いです。応募されたどの作品にも家族、特に親子の愛情の深さや尊さが確かにあらわれ、私たちに深い感動を与えてくれました。また、家族の絆の大切さを私たちに再認識させてくれたように思います。「親と子が心豊かにふれあうふるさと」を目指してスタートしたこの募集事業が、これからも多くの方から愛され、また、全国の方々に浸透し、さらに応募が増えていくことを願ってやみません。

ただ平穏な暮らしの中でも世界に目を向けますと、紛争は今なお続き、尊い多くの命が奪われるといった非常に悲しい現実があるのもまた事実です。しかし、だからこそ、この事業を今後も続けていく意味があるとも思うのです。親子愛や家族愛、その根底に流れる人と人との絆の尊さは、いつの時代も決して変わらないはずです。今こそ私たちは、「愛」や「絆」に思いを馳せ、そのかけがえのなさを再認識することが大切なのではないでしょうか。本書がその一助になれば幸いです。

最後に、この詩を募集するにあたり、情熱をもってご指導・選考運営にあたっていただいた、審査員の先生方に厚くお礼申し上げます。また、本書の刊行に全力を傾けられました大巧社の方々のご苦労に対し敬意を表すとともに、本事業をさまざまな形でご支援いただきました関係する全ての皆様に、深く感謝申し上げます。

令和六年一月十一日

養老町愛の詩募集実行委員会会長
養老町長　川地　憲元

第二十四回「家族の絆　愛の詩」の募集には、
令和五年六月五日～九月一日の期間に一般の部三三三篇、
小中学生の部一七〇二篇、計二〇三五篇の応募があった。
令和五年十月十二日に最終審査が行われ、
各部とも最優秀賞一篇、優秀賞二篇、佳作十八～二十篇が選ばれた。
なお、本書に掲載した年齢・都道府県名は応募時のものである。
また、本人の希望により、筆名を記したものがある。

●帯（表）のことば

松尾静明（まつお　せいめい）

詩人・作家　1940年広島県生まれ

詩集『丘』『都会の畑』『地球の庭先で』の他，〈ゆうき あい〉の筆名で，歌曲，児童文学，児童詩・童謡などを手がける。日本詩人クラブ会員，日本現代詩人会会員，日本文芸家協会会員，日本歌曲振興波の会会員

●カバー・本文画

山田喜代春（やまだ　きよはる）

詩人・版画家　1948年京都生まれ

詩画集『けんけん』『すきすきずきずき』他，エッセイ集・版画集など。各地で個展開催

家族の絆　愛の詩　15（愛の詩　シリーズ24）

二〇二四年二月一日　第一版　第一刷印刷
二〇二四年二月十日　第一版　第一刷発行

編　者……岐阜県養老町
発行者……根岸　徹
発行所……株式会社　大巧社
千葉県習志野市袖ケ浦2—1—7—103
〒275—0021
電話　047—407—3473
FAX　047—407—3474

印刷・製本…株式会社　文化カラー印刷

 ISBN978-4-924899-99-5

岐阜県養老町愛の詩シリーズ１～23

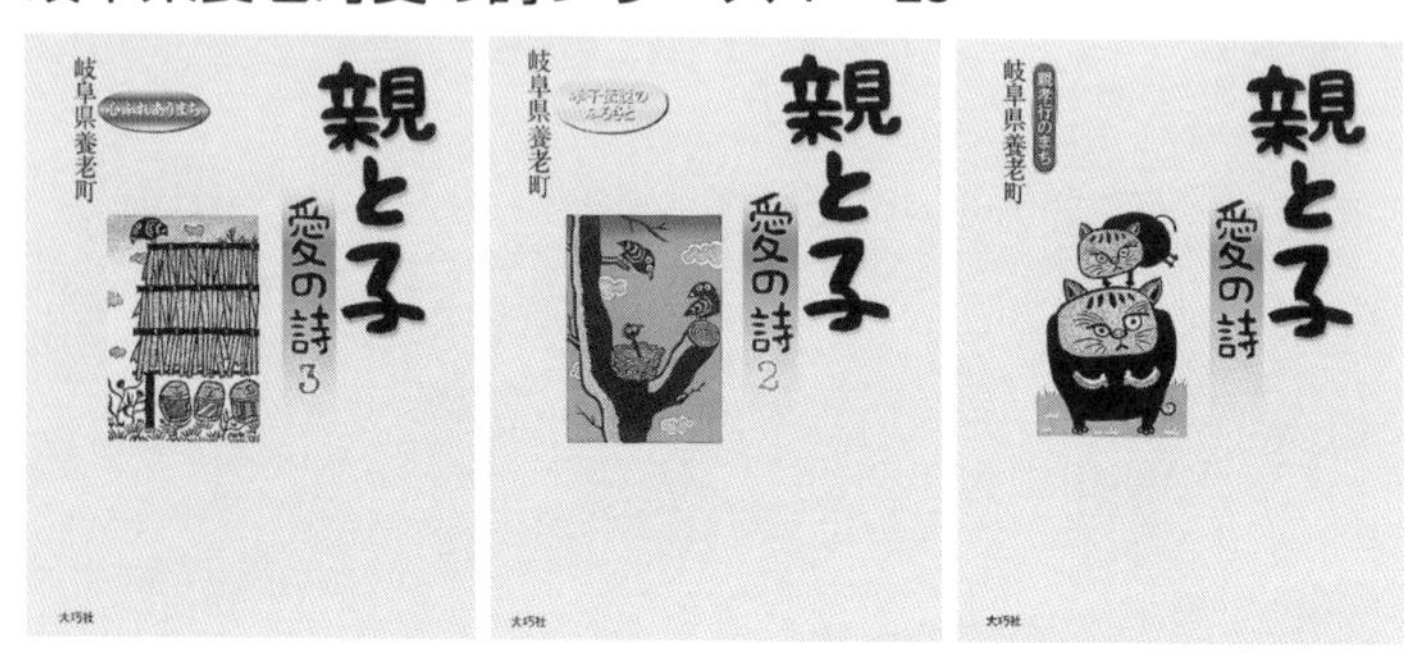

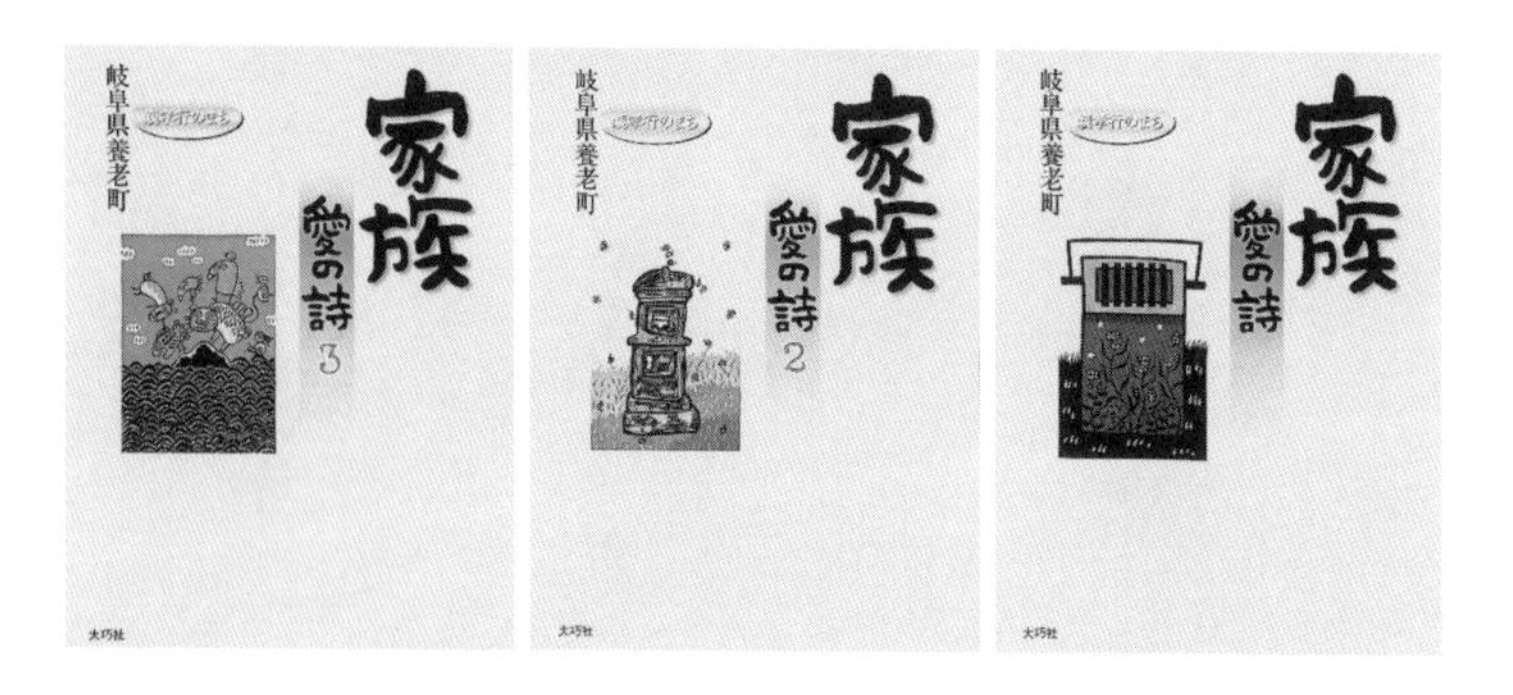

小四六版　定価 各 1320円（本体1200円＋税）

家族の絆
愛の詩 2
親孝行のまち
岐阜県養老町
大巧社

家族の絆
愛の詩
募集10周年記念
岐阜県養老町
大巧社

家族の絆
愛の詩 4
親孝行のまち
岐阜県養老町
大巧社

家族の絆
愛の詩 3
親孝行のまち
岐阜県養老町
大巧社

家族の絆
愛の詩 5
親孝行のまち
岐阜県養老町
大巧社

家族の絆
愛の詩 6
親孝行のまち
岐阜県養老町
大巧社

家族の絆
愛の詩 7
親孝行のまち
岐阜県養老町
大巧社

家族の絆
愛の詩 8
親孝行のまち
岐阜県養老町
大巧社

家族の絆
愛の詩 9
親孝行のまち
岐阜県養老町
大巧社

家族の絆
愛の詩 10
親孝行のまち
岐阜県養老町
大巧社

家族の絆
愛の詩 11
親孝行のまち
岐阜県養老町
大巧社

家族の絆
愛の詩 12
親孝行のまち
岐阜県養老町
大巧社

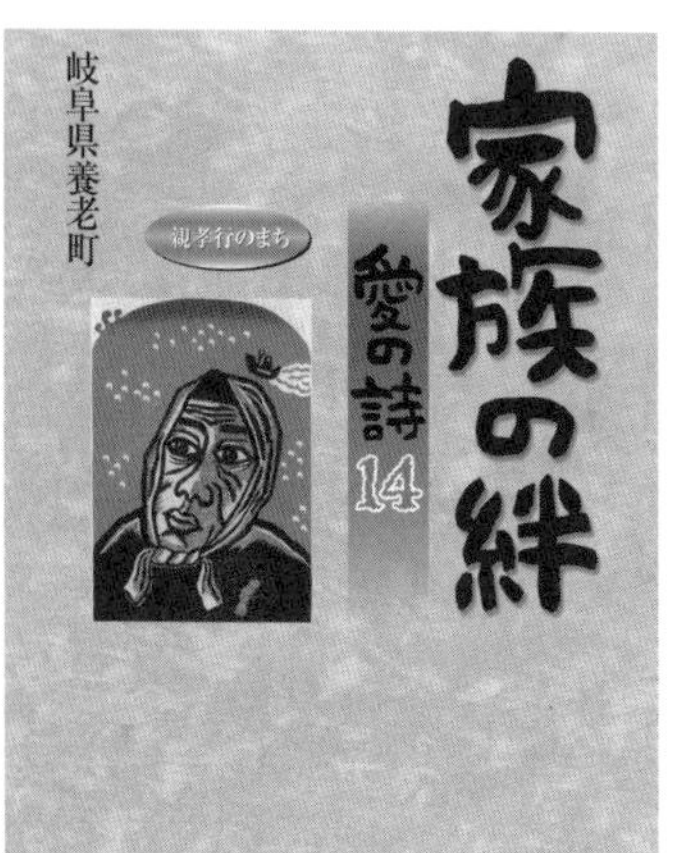
家族の絆
愛の詩 14
親孝行のまち
岐阜県養老町
大巧社

家族の絆
愛の詩 13
親孝行のまち
岐阜県養老町
大巧社